# LA FILLE QUI MURMURAIT À L'OREILLE DES FAUVES

RESTER VIVANT

# LA FILLE QUI MURMURAIT À L'OREILLE DES FAUVES

SABINE DOSIÈRE

le muscadier
L'éditeur qui cultive le bon sens

## Dans la même collection

- *À la belle étoile* (Éric Sanvoisin)
- *Comment j'ai réparé le sourire de Nina* (Nicolas Michel)
- *Dysfférent* (Fanny Vandermeersch)
- *L'avertissement des abysses* (Arthur Ténor)
- *L'école me déteste* (Julie Jézéquel & Baptiste Miremont)
- *Le gardien des moabis* (Céline Jacquot)
- *Le réveil de Zagapoï* (Yves-Marie Clément)
- *Le silence du serpent blanc* (Arnaud Tiercelin)
- *Marre d'être sage !* (Claire Gratias)
- *Pas bête(s) !* (Christophe Léon)
- *Pierre le voleur* (Yves Frémion)
- *Phobie* (Fanny Vandermeersch)
- *Plastique apocalypse* (Arthur Ténor)


BP 60076 – 16103 Cognac cedex
www.muscadier.fr
info@muscadier.fr

**Couverture & maquette :** Espelette
**Photographie de couverture :** © Laure Zigliani
© Marina Kirezhenkova/123RF
**Images en ouverture des chapitres :** © Flankerd/Canstockphoto
© Svetlana Alyuk/Dreamstime
© Yodke67/Dreamstime
**Mise en page :** La Femme assise

La collection **RESTER VIVANT** est publiée sous la direction littéraire de Christophe Léon.

ISBN : 979-10-96935-94-9
ISSN : 2493-6170
1re édition – 1er tirage

*Pour Prune*

# Confinée pour des raisons sanitaires

Jamais Ombeline ne sortait sans avoir tressé ses cheveux. Deux longues tresses blondes aux reflets dorés sautaient sur ses épaules au fil de ses mouvements. Deux tresses desquelles s'échappaient quelques mèches qui lui chatouillaient le front.

Depuis plusieurs mois, Ombeline n'allait plus à l'école. Plus aucun enfant n'allait à l'école. À cause du virus.

Certains scientifiques disaient qu'il était conservé depuis des millénaires dans le permafrost et qu'avec le réchauffement climatique, il était réapparu. La fonte des glaces libérait avec elle les maladies de nos lointains ancêtres. N'ayant plus les systèmes immunitaires des hommes préhistoriques, nous ne pouvions plus nous défendre.

D'autres chercheurs assuraient que le virus était apparu lors du retour de la dernière mission des cosmonautes sur la Lune. Mais comment un virus pouvait-il provenir d'une planète inhabitée ? Comment croire à toutes ces histoires ?

Ombeline n'avait pas d'avis sur la question et elle subissait, comme tout le monde. Elle ne voyait plus ses amies sauf quand elle les rejoignait en cachette. Plusieurs personnes étaient malades dans son entourage. Le virus attaquait la peau, la bouche, les oreilles, les bronches. Au bout de quelques jours, on devenait rouge, avec de gros boutons qui suintaient et démangeaient. Le traitement préconisé consistait en des massages et des pommades dont l'application était douloureuse et provoquait des picotements. Garder son calme et supporter les inconvénients liés au traitement permettait de respirer encore.

Les écoles étaient fermées et les commerces tournaient au ralenti. Plus de la moitié de la population vivait avec la maladie et devait s'arrêter de travailler plusieurs jours par semaine, pour se reposer et se soigner, et notamment sécher les boutons en appliquant les pommades dessiccatrices.

Chacun était confiné chez soi. Ombeline n'avait pas un *chez-soi* comme on peut l'imaginer quand on a une vie de famille. Ombeline vivait dans un orphelinat depuis qu'elle avait 5 ans.

# La douleur de Jacinthe

À l'orphelinat, Jacinthe était malade. Ombeline l'entendait la nuit qui étouffait ses pleurs et essayait de ne pas montrer sa douleur.

Jacinthe était responsable des orphelines pour les soins du quotidien ; un peu une éducatrice aussi. Elle seule écoutait les filles, leur lisait des histoires et cuisinait des gâteaux quand elle en avait le temps. Depuis qu'elle allait trois fois par semaine se faire soigner à l'hôpital,

Jacinthe n'avait plus de temps à consacrer à Ombeline ni aux autres pensionnaires, qui se retrouvaient donc livrées à elles-mêmes, à l'ennui des longues journées enfermées, aux cris de Madame Lombardau, la directrice de l'orphelinat, toujours agacée, toujours énervée.

Ombeline aurait aimé que Jacinthe guérisse, qu'elle cesse de pleurer en rentrant des soins. Que lui faisait-on à l'hôpital ? Souvent, elle rêvait qu'elles quittaient cette grosse ville polluée et s'installaient dans une petite maison loin de tout – loin de tous.

Jacinthe avait été comme elle abandonnée par des parents qui, probablement, ne parvenaient pas à la nourrir. Elle avait espéré pendant des années être adoptée, mais personne n'était venue la chercher.

Jacinthe était restée à l'orphelinat. Devenue adulte, elle avait été embauchée pour s'occuper des pensionnaires, du linge, des devoirs, des repas et des papiers administratifs. Jacinthe en était heureuse, elle préférait rester ici, s'y sentant bien. Elle aimait accueillir les petites nouvelles et les rassurer. Elle partageait avec les filles ses secrets. Elle cuisinait bien et elle connaissait toutes les plantes des environs, leurs pouvoirs, leurs dangers ainsi que leurs odeurs et leurs couleurs ; elle les respirait, les caressait.

Jacinthe expliqua un jour à Ombeline qu'on pouvait s'exprimer sans les mots : par le regard bien sûr, par la musique et par les gestes. Mais, au-delà, on s'exprimait aussi à travers l'énergie et la concentration. Ainsi, elle *sentait* les plantes et communiquait avec elles.

— Mais c'est de la magie ! avait remarqué Ombeline en riant.

— Pas du tout ! C'est une forme de sensibilité différente. D'ailleurs, je t'en parle, Ombeline, parce que toi aussi tu sais le faire, avait répondu Jacinthe.

— Moi ! Mais pas du tout... Je ne parle pas aux plantes !

— Aux plantes, non – ou en tout cas pas encore – mais aux animaux, oui.

— Je ne sais pas...

— Mais si tu sais. La fois où tu as prévenu le minuscule lézard...

— C'était un hasard. Je me suis très fortement concentrée et il s'est échappé. Mais ce sont surtout ces idiots d'Isidore et de Roland qui l'ont fait fuir !

— Je ne crois pas, Ombeline. Si tu n'avais pas averti ce petit lézard, ces deux balourds l'auraient réduit en miettes comme ils font avec tous les êtres vivants qu'ils trouvent, parce qu'ils sont stupides et cruels.

Ombeline avait continué à nettoyer les légumes. Elle savait bien que Jacinthe avait raison, mais elle ne voulait pas trop en parler. Elle détestait les enfants sadiques avec les animaux.

Avant que Jacinthe ne soit malade, avant l'épidémie, Ombeline passait beaucoup de temps en sa compagnie; elle l'aidait dans ses tâches pour s'occuper de l'orphelinat. Elle aimait lui parler. Jacinthe avait 27 ans, Ombeline 10 ans. Elle se sentait toute petite et avait énormément de choses à apprendre d'elle. Elle adorait l'écouter, profiter de tout ce qu'elle savait et qu'on n'enseigne pas à l'école.

# Communiquer avec les animaux

Ombeline communiquait avec les animaux. On ne peut pas dire qu'elle leur parlait, aucun son ne sortait de sa bouche. Elle n'imitait pas leurs cris non plus, même si elle les connaissait parfaitement. Elle était d'ailleurs douée pour les chants des oiseaux.

Non, quand elle voulait communiquer avec eux, elle ne chantait pas, n'aboyait pas, ne couinait pas. Ce qu'elle faisait était bien différent. Quand un animal s'approchait, elle émettait un petit souffle, comme quand on s'apprête à siffler, mais sans faire de bruit, seulement un petit souffle. L'animal se sentait alors en confiance. Interpellé, il s'approchait petit à petit, avec prudence, puis la fixait dans les yeux et commençait à lui raconter son histoire, sa vie, ses soucis et ses souhaits.

Ombeline se souvenait d'une belle histoire de loup que lui avait lue Jacinthe quand elle était plus jeune. Ce loup communiquait avec un jeune garçon par le regard. Cette histoire, elle la lui avait relue des dizaines de fois. Un vieux loup borgne d'Alaska et un enfant africain orphelin se dévisageaient au travers de la grille d'un zoo. Chacun découvrait la vie de l'un et de l'autre par le simple regard et accédait ainsi à ses souvenirs.

C'est un peu ce qui lui arrivait avec les animaux... mais pas tout à fait non plus. Ombeline les invitait par son petit souffle et leur demandait de lui parler. Parfois, elle pouvait les caresser, leur tenait la patte ou les soignait. De cette manière, le petit chat roux des voisins de l'orphelinat lui avait raconté que sa maîtresse, une gentille mamie d'au moins 75 ans, était tombée dans le salon en arrosant ses plantes. Ombeline avait aussitôt prévenu Madame Lombardau. Mais celle-ci l'avait punie et enfermée dans le dortoir sans manger, lui reprochant de mentir. Ombeline avait alors appelé le petit chat roux qui était venu se poser sur le bord de la fenêtre du dortoir, juste avant les barreaux.

— Va chercher Miteux, le vieux labrador de Monsieur Jingenvoix.

Miteux, avec qui Ombeline parlait souvent, avait mis le bout de sa truffe à la fenêtre en s'appuyant sur ses pattes arrière.

— Dépêche-toi, Ombeline, j'ai mal à mes vieilles pattes dans cette position de danseuse. Pourquoi m'as-tu fait venir ?

— Mon beau Miteux !

Ombeline plongea ses yeux dans ceux du vieux chien, expliqua la situation et, surtout, quoi faire. À la grande surprise de tous, on vit Miteux attraper et tirer Monsieur Jingenvoix par le pantalon. Ce dernier avait beau râler, il finit par se dire que son vieux compagnon savait où il voulait l'emmener. Ils firent le tour de la maison de la vieille voisine et, par la fenêtre de la cuisine, la trouvèrent étendue au sol, une profonde entaille au front. En quelques minutes, les pompiers furent sur place.

Madame Lombardau n'admit jamais qu'elle avait eu tort de punir Ombeline. Elle ne comprit pas ce qui s'était passé et se contenta de reluquer Ombeline du coin de l'œil, dubitative et méfiante. Elle trouvait cette enfant bizarre, secrète, mais intelligente. Elle ne manquait jamais une occasion de la punir. Elle ne détestait pas Ombeline plus qu'une autre : elle était de mauvaise humeur avec tous les enfants de l'orphelinat. Les filles avaient toujours l'impression de la déranger, de la fatiguer ; elles se sentaient toujours stupides quand Madame Lombardau leur parlait avec mépris. Peut-être n'aimait-elle pas les enfants ? Beaucoup de gens travaillaient avec des enfants mais ne les aimaient pas...

Ombeline s'était bien gardée, par la suite, de s'épancher sur ses autres conversations avec les animaux du quartier. Elle passait la plupart de son temps avec les chats, les chiens, les rats et les oiseaux. Puis, elle s'était rendu compte qu'elle pouvait aussi entrer en communication avec des animaux qu'elle ne connaissait pas – pour les mettre en garde, le plus souvent.

Mais elle n'avait jamais essayé de communiquer avec un gros animal ou encore avec un animal sauvage.

# Une heure de liberté

Ce jour-là, Jacinthe était partie pour ses soins à l'hôpital. Elle en reviendrait épuisée, comme les autres fois. Le virus infectait maintenant chaque centimètre carré de son corps, et elle n'avait plus le droit de s'occuper des pensionnaires. Madame Lombardau partie chercher le ravitaillement, Ombeline en profita pour s'échapper. Une heure, elle n'avait qu'une heure devant elle. Une heure à se promener, libre et joyeuse, à traverser le parc, à observer les oiseaux, à humer les parfums. Si personne ne la surprenait, elle pourrait même aller faire un peu de balançoire au fond du parc, là où les parents ne se rendaient plus parce que c'était trop loin de la grille d'entrée.

La balançoire était vieille mais permettait d'aller haut et d'avoir des papillons dans le ventre. Ombeline adorait la sensation de descente, sentant ses tresses voler au vent et voyant le paysage basculer.

Elle aurait aimé emmener ses amies au parc, mais celles de l'école étaient confinées chez elles avec leurs parents. À l'orphelinat, Léontine aurait adoré faire de la balançoire… mais elle n'aurait pas tenu sa langue. Madame Lombardau aurait eu vent de leur escapade. Il y avait aussi Malaurie, mais elle s'en fichait de la balançoire. Malaurie ne pensait qu'aux garçons et cassait les oreilles à tout le monde avec ses histoires d'amour et ses chansons *punk* ou rock.

Dans ces conditions, Ombeline préférait venir seule. Elle comptait cinquante allers-retours sur la balançoire, pour une durée d'à peu près un quart d'heure. Traverser à nouveau le parc, faire un crochet par l'étendue d'eau et cueillir des fleurs à donner en cachette à Jacinthe, il ne fallait pas tarder.

Sur le chemin du retour, Ombeline s'aperçut que tout le monde semblait affolé. *Sans doute encore de nouveaux cas de malades du virus*, pensa-t-elle, *et il a fallu appeler les pompiers, les ambulances.*

Même ses amis les chats semblaient pressés. On courait dans tous les sens.

Ou bien il s'agissait encore d'une alerte. Le réchauffement climatique avait détraqué les saisons. Des tornades de vents violents s'abattaient sur la ville. Pendant plusieurs jours, il fallait rester à l'intérieur et attendre que ça passe, puis passer les rues au jet d'eau quand le vent se calmait – sinon les poussières en suspension rendaient l'air irrespirable.

Ombeline n'avait pas écouté la météo et ne savait pas si une tempête était prévue. Elle se hâta de rentrer, espérant que Mme Lombardau fût toujours en ville.

Un jeune garçon la bouscula et manqua la renverser. Mais qu'avaient-ils tous à courir ainsi ?

Quand Ombeline arriva à l'orphelinat, Madame Lombardau déchargeait la camionnette – pommes de terre, œufs, lait, yaourts, fruits. Une ambulance était déjà là qui ramenait Jacinthe. Comme toujours, elle semblait beaucoup souffrir. Les ambulanciers portaient des masques et des gants, et Madame Lombardau s'écarta pour laisser passer Jacinthe sans trop s'approcher d'elle, craignant la contamination. Elle semblait très inquiète.

« Mais vous êtes certains ? répétait-elle. Comment est-ce possible ? des fauves ? et les autres ? et les reptiles ? »

# Peur du noir

Ombeline souleva la grille du soupirail, se glissa dans la cave et monta à pas de velours dans le dortoir. Elle cacha le bouquet de fleurs qu'elle avait cueilli pour Jacinthe.

— Mais t'étais où ? demanda Léontine. Je voulais jouer avec toi, moi !

— J'étais à la bibliothèque.

— Non, t'étais pas à la bibliothèque ! J'y suis allée et tu n'y étais pas ! T'es rien qu'une menteuse !

— Si, si, j'y étais ! Je devais être aux toilettes. J'avais envie de caacaaa ! mentit Ombeline.

— Beurk, t'es trop dégoûtante des fois !

Et Léontine partit en courant et en riant.

Ouf, il était moins une. La prochaine fois, elle partira moins longtemps. Si Madame Lombardau l'avait surprise, elle l'aurait punie, deux nuits à la cave dans le noir.

Madame Lombardau espérait lui faire une belle peur à cause des souris, mais Ombeline s'en fichait. Elle les comprenait et les souris la consolaient. En revanche, le noir lui faisait peur et, dans la cave, c'était le noir complet. Elle en avait toujours eu peur. Sa maman la rassurait quand elle se réveillait la nuit. Elle allumait une toute petite lampe en forme de grenouille et la prenait dans ses bras. Un des beaux souvenirs qui lui restaient de sa maman.

# Madame Lombardau de pire humeur que d'habitude...

À l'heure du dîner, Madame Lombardau avait l'air tendue. Elle semblait encore plus contrariée que d'habitude, inquiète même. Les filles n'eurent pas le droit de chuchoter et elles mangèrent leurs pommes de terre en silence.

« Allez vous coucher maintenant ! Ce soir, nous fermerons bien tous les volets et tous les rideaux.

Interdit de se lever dans la nuit. Je vérifierai si toutes les portes sont bien fermées à clé. Nous laisserons la lumière de l'entrée allumée. Prenez un livre, brossez-vous les dents et au lit. Et que je ne vous entende pas ! » cria-t-elle.

Ombeline prit son livre, une histoire de petit chien rigolo à qui il arrivait un tas d'histoires. Elle passa à la salle de bains commune où toutes les filles se brossaient les dents en chœur.

— Mais qu'est-ce qu'elle a, la vieille bique ? bougonna Malaurie.

— Je sais pas. On dirait qu'elle a peur de quelque chose.

— Pff… Elle veut qu'on aille au lit pour être tranquille, ouais.

Pendant que les filles se couchaient, Ombeline en profita pour sortir discrètement et frapper à la porte de Jacinthe.

Les larmes coulaient sur son visage.

— Tu as très mal ? Les soins ont été difficiles aujourd'hui ?

— Ça brûle. J'ai mal quand je respire. Le produit qu'on me donne à l'hôpital m'étouffe. Ils m'ont dit que je ne guérissais pas bien, que le virus se propageait. Mais où est ton masque ? Je peux te rendre malade, Ombeline, tu sais ! Tu dois mettre un masque quand tu entres dans ma chambre.

— Ça va, je suis loin de toi... Je suis allée te cueillir des fleurs, regarde !

— Mais tu es encore sortie ? Aujourd'hui en plus ?

— Je ne peux pas rester ici. Madame Lombardau ne m'a pas vue. Enfin presque. J'ai failli me faire surprendre.

— Tu as pris de gros risques. Tout le monde est rentré plus tôt. Il y a eu un drame en ville. Un tigre s'est sauvé du zoo, lui expliqua Jacinthe.

— Un tigre ? Mais comment c'est possible ?

— Je ne sais pas. La police le recherche activement. Il faut fermer toutes les portes et laisser de la lumière devant les maisons pour l'effrayer. Ne sors surtout plus de l'orphelinat tant qu'il n'aura pas été capturé. Tout le monde est affolé. Et puis, merci pour les fleurs. Tu es adorable. Heureusement que je t'ai. Je dirai à Madame Lombardau que c'est une infirmière qui me les a données si elle me pose la question.

Jacinthe lui fit un clin d'œil, mais elle souriait pour faire plaisir et Ombeline le voyait bien. En vérité, elle avait très mal et était très inquiète.

— Va vite te coucher. Avant, lave-toi les mains et le visage au savon.

— À demain, Jacinthe. Courage !

— Plus de brûlures pour quelques jours… Ensuite, il faudra retourner soigner ce maudit virus !

# Le tigre blanc

Un tigre dans la ville… Ombeline se souvenait d'un évènement que leur avait raconté sa maîtresse de CE2. Cette enseignante adorait les animaux, elle refusait toute forme de maltraitance et ne supportait pas que les hommes exploitent les animaux. Elle racontait l'histoire du zoo de Tbilissi. En juin 2015, la capitale de la Géorgie avait fait face à d'énormes inondations ; après plusieurs heures de pluies torrentielles, la rivière Vere était sortie de son lit, envahissant les rues et les habitations du centre-ville. Le zoo avait été inondé et un grand nombre d'animaux étaient morts. Un hippopotame, des lions, des tigres, des oursons et des loups s'étaient enfuis et erraient affolés en ville. Un homme avait été attaqué par un lion. La maîtresse en avait profité pour leur expliquer les méfaits du changement climatique et le drame des animaux en captivité.

Jamais Ombeline n'avait oublié cette histoire.

Aujourd'hui, en 2035, un tigre s'était échappé du zoo. Il y avait toujours des zoos, vingt ans après l'histoire de Tbilissi. Les défenseurs des parcs animaliers affirmaient qu'ils étaient indispensables, prétendant que, sans eux, certains animaux n'existeraient plus. La biodiversité, la protection et l'étude des espèces menacées seraient alors impossibles.

Ombeline n'y croyait pas. Elle qui communiquait avec les animaux savait ce qu'ils pensaient des hommes. Ils les avaient parfois beaucoup aimés quand ils étaient petits, et ils les avaient déçus. Chaque fois, leur confiance avait été trahie.

Ombeline sortit dans la petite cour de l'orphelinat, s'appuya contre le vieux platane et attendit que les oiseaux l'aperçoivent. Ensuite, elle souffla longuement et patiemment. Un joli rouge-gorge vint se poser sur la branche au-dessus d'elle.

— Tu es trop haut pour moi, petit oiseau. Viens plus près. Viens sur le dossier du banc.

Elle s'assit et attendit. Le jeune oiseau se posa et la fixa. Alors elle lui parla. D'œil à œil. D'onde à onde.

— J'ai vu le tigre, dit l'oiseau. Un énorme tigre blanc, magnifique, majestueux. Il rôde. Bientôt, il devra chasser pour se nourrir.

Le tigre blanc faisait partie des plus grands tigres et il pesait jusqu'à 300 kg. Il descendait du tigre du Bengale, issu d'un croisement créé par l'homme. Un maharadjah, en 1950, avait expérimenté une hybridation afin d'obtenir un pelage blanc. À l'état naturel, il y avait peu de tigres blancs, seulement quelques spécimens au Népal et en Chine. Leur fourrure immaculée les désavantageait, elle ne leur permettait pas de se camoufler pour chasser. Leurs yeux étaient aussi plus fragiles. Mais une centaine d'entre eux vivaient encore en liberté en 2035.

# Capturer le tigre

La nouvelle se répandit très vite dans les journaux et à la télévision. Il fallait à tout prix capturer le tigre : la sécurité de tous en dépendait. Un tigre affamé dans une ville comme Paris, c'était à coup sûr de nombreux morts. Mais où pouvait-il se terrer ?

Qu'allait-on faire de lui ? L'abattre ? Le remettre au zoo ? Le donner à une réserve ?

Endormir un tigre n'était pas une mince affaire. Lorsqu'il était en cage, c'était assez simple et, avec de la patience et de la précision, un bon vétérinaire y parvenait sans trop d'encombres. À l'aide d'un fusil spécial, on envoyait une seringue remplie d'un puissant tranquillisant. L'opération consistait à bien viser et à toucher la veine du cou près de la tête. Mais il arrivait que le tigre se réveille au cours des soins, et saute sur le vétérinaire ; son assistant devait alors tuer l'animal avec un *vrai* fusil pour sauver le vétérinaire. Ombeline l'avait lu sur Internet. Elle ne cessait de faire des recherches et était fascinée par ce fauve, effrayée par ses attaques potentielles, mais aussi révoltée à l'idée qu'il puisse être abattu.

Une enquête était menée dans le zoo. Personne ne comprenait pourquoi il s'était enfui. Il n'y avait d'ailleurs pas de traces de son passage dans le parc depuis une bonne dizaine de jours.

Malaurie, qui n'avait jamais sa langue dans sa poche, papotait avec Ombeline.

— T'en penses quoi, toi, de cette histoire de tigre ? Moi, je suis certaine que le gouvernement nous cache des choses.

— C'est vrai qu'il y a des choses pas très logiques, lui répondit Ombeline. Il s'est enfui du zoo mais il n'y avait pas de traces de lui, comme s'il avait déjà abandonné son enclos depuis plusieurs jours. Et puis, la battue a commencé mais j'ai l'impression que, pour ce tigre, ils prennent davantage de précautions que pour d'autres animaux dangereux, comme s'ils voulaient éviter de le tuer. C'est bizarre. Je fais beaucoup de recherches sur Internet mais je ne trouve rien.

— Moi aussi, je fais des tas de recherches. Tu sais bien que j'adore mener des enquêtes, répliqua Malaurie assez fière d'elle. Je trouve plein de ragots débiles, dit-elle en lissant sa longue mèche rose.

Malaurie adorait colorer ses cheveux, mettre des vernis extravagants et s'habiller en *punkette*. Madame Lombardau détestait son style vestimentaire et l'envoyait se changer quand elle la croisait. Pour les cheveux, c'était inutile, elle pouvait toujours lui demander de les laver, la teinture avait la vie dure…

— En attendant, on est coincées dans ce fichu orphelinat. On ne pouvait déjà pas sortir à cause du virus et, maintenant, il y a un tigre dans la nature. À propos, tu prends bien tes pilules pour te protéger contre le virus ? Tu te souviens, le toubib a dit que ça marchait chez les enfants. Il faut quand même faire gaffe… Jacinthe souffre le martyre avec cette cochonnerie ! Il ne faudrait pas l'attraper.

— Oui, oui, répondit Ombeline. Je les prends. Je mets un masque aussi quand je vais la voir.

— Tu vas souvent la voir dis donc ! Elle me manque grave ! Elle était trop chouette cette meuf… pas comme cette vieille bique de Lombardau !

— Elle *était* ? Elle *est*, tu veux dire ! Jacinthe n'a pas changé et elle va s'en sortir !

— Ouais, enfin, tu m'as comprise. Coupe pas les cheveux en quatre s'te plaît ! On ne la voit plus, c'est ça que je voulais dire, se renfrogna Malaurie, crâneuse.

— Une fille dans ta classe n'a pas fait un stage chez un vétérinaire ? se souvint soudain Ombeline.

— Ah ben toi alors ! Dans ton genre, tu changes vite de conversation ! Ouais… ma voisine de classe, celle qui a un super téléphone et des parents trop cool qui la laissent appeler jusqu'à au moins 22 heures !

— Tu ne voudrais pas lui demander le mail de ce vétérinaire ? Je voudrais lui poser des questions sur les tigres, proposa Ombeline.

— Mais t’es chelou ! Ça te regarde pas ! Tu vas brancher un véto pour lui poser des questions sur un tigre que t’as jamais vu ?

— Mais si, ça me regarde ! Et toi aussi… D’ailleurs, t’es venue m’en parler, non ? répartit Ombeline, un brin agacée.

— OK, je vais essayer. Mais c’est bien parce que j’te kiffe, Ombeline… la “détective qui adore les animaux.” Et puis, je m’ennuie à mourir dans cet orphelinat de nazes, alors je veux bien mener l’enquête avec toi…

# Traiter le virus

## Une première en Europe

Ce mardi, un rhinocéros blanc âgé de 4 ans a été abattu dans son enclos au zoo de Thoiry, dans les Yvelines. L'animal, qui y vivait depuis mars 2015, a été tué cette nuit de trois balles dans la tête et l'une de ses deux cornes a été sectionnée, probablement à l'aide d'une tronçonneuse. Mais pourquoi avoir pris de tels risques pour dérober ce morceau d'ivoire, caractéristique de cette imposante espèce vivant principalement à l'état sauvage en Afrique et en Asie ? Les cornes de rhinocéros réduites en poudre sont très prisées en Chine et au Vietnam, où les habitants leur attribuent des vertus médicales. Selon ces croyances, qui n'ont pas de justifications scientifiques, elles permettraient de faire baisser la fièvre, de faire reculer le cancer et de stopper les saignements de nez.

Ombeline n'en revenait pas de cet article, elle le lisait et le relisait. Ses recherches sur Internet ne cessaient de la fasciner – et de la scandaliser aussi. Il y a vingt ans, en 2015, on abattait encore des animaux pour ces croyances absurdes. On fabriquait des remèdes soi-disant miraculeux à partir d'animaux. Elle espérait qu'en 2035, plus rien de ce genre n'existait.

Ombeline n'aimait pas beaucoup l'époque actuelle. La planète était de plus en plus polluée. Le climat se réchauffait plus rapidement que les estimations du début du siècle ne l'avaient prévu. Toutefois, espérait-elle, les animaux n'étaient plus sacrifiés pour des légendes.

Sept milliards d'habitants ! N'y avait-il pas trop d'humains sur terre ? Tout le monde voulait du luxe, des produits technologiques, des voyages… et les ressources de la planète étaient épuisées. De nombreux pays choisissaient des dirigeants nationalistes et racistes. Des guerres pour s'approprier des ressources comme l'eau potable étaient à prévoir et à craindre.

Il y avait déjà eu en 2030 un conflit éclair d'une puissance et d'une violence extrême avec les pays de l'Est. Le bloc européen avait reculé face à la force de frappe des armées adverses. Le risque d'une guerre mondiale, avec l'utilisation de l'arme nucléaire était trop grand, et tous les pays s'étaient remis à la table des négociations. En fin de compte, ils étaient tombés d'accord pour continuer à dilapider les ressources naturelles de la planète.

Ombeline n'avait pas oublié ce début de guerre, le souvenir des bombes, des attaques armées et des tirs dans les rues. Ces combats avaient été d'une brutalité inouïe, et c'est à l'occasion de l'un d'eux que ses parents furent tués. Ils n'étaient pas rentrés du travail et n'étaient pas venus la chercher à l'école maternelle. Elle avait 5 ans.

Aujourd'hui, en ces temps troublés, avec le virus et le confinement, toutes les commissions pour l'adoption des orphelins étaient suspendues.

On appelait les enfants comme Ombeline des *orphelins de guerre*. Une pension était versée à l'orphelinat dans l'attente de l'adoption. Les années passaient et Ombeline ne souhaitait toujours pas être adoptée. Elle avait peur de tomber dans une famille avec laquelle elle ne s'entendrait pas et de devoir chambouler ses habitudes. Elle ne voulait pas d'autres parents. Et puis, elle ne voulait pas quitter Jacinthe, Léontine et Malaurie.

Léontine avait 4 ans, elle était rigolote et cherchait toujours des camarades de jeu. Il fallait jouer avec elle à la poupée, faire les voix des poupées et inventer des histoires avec elle. Léontine ne parvenait pas à les habiller ni à les coiffer seule et demandait de l'aide.

Les autres filles plus âgées ou bien trop petites l'envoyaient promener. Seule Ombeline passait du temps en sa compagnie. Quand elle avait besoin d'un gros câlin, elle la rejoignait la nuit en cachette dans son lit. Léontine faisait des cauchemars et ne trouvait pas le sommeil sans une présence à côté d'elle. Elle s'endormait souvent dans les bras d'Ombeline ou dans ceux de Malaurie.

Une fois qu'elle dormait, il fallait la ramener doucement dans son lit sans qu'elle ne se réveille afin que Madame Lombardau ne se rende compte de rien.

Régulièrement, Malaurie aidait Ombeline qui avait bien du mal à porter seule Léontine.

Malaurie avait 14 ans et faisait sa rebelle. Elle affirmait que, plus tard, elle serait *punk*. Elle jouait les dures mais était gentille et douce avec Ombeline et Léontine. Moins avec les autres filles avec qui elle se disputait souvent.

Malaurie avait confiance en Ombeline, lui confiait d'ailleurs ses secrets et lui avouait ses bêtises. Mais elle regrettait parfois qu'elle n'eût que 10 ans et qu'elle ne s'intéressât pas aux mêmes choses qu'elle. Léontine n'était pour elle qu'un gros bébé, mais personne n'avait intérêt à toucher un seul cheveu de ses poupées. À trois, elles se construisaient une petite famille… mais qui aurait voulu adopter trois filles en même temps ? Malaurie prédisait qu'ensemble, elles « se casseraient » quand elles seraient majeures :

« Je vous emmènerai dans un *squat*, les petites sœurs. On se débrouillera avec les moyens du bord. On aura plein de potes musiciens et vous mangerez ce que vous voudrez, ouais ! Des chips et des chamallows à tous les repas ! »

Ombeline ne voyait pas ce qu'était un *squat* et ne s'imaginait pas vivre avec des musiciens écoutant du *punk*, mais elle s'en fichait. Tout, pourvu qu'elles restent ensemble !

# Le mail du docteur Binselle

— Coucou, la “spécialiste des bestioles” !

— Malaurie, pourquoi tu m’appelles comme ça ? Je ne suis pas une spécialiste et je n’aime pas que tu parles de “bestioles”, répliqua Ombeline agacée.

— OK ! Ne monte pas sur tes grands chevaux ! Pour moi, tu sais, tous les animaux se ressemblent un peu ! Bon, j’ai un truc pour toi. J’ai envoyé un mail à ma copine Julie. Impossible de la voir puisqu’on est coincées avec ce confinement. Le véto chez qui elle était en stage s'appelle Binselle. Et... j'ai son mail... En plus, il paraît qu'il est mignon, un vrai canon. Dommage que ce soit un vieux de 30 ans...

— Oh ! Malaurie, c'est génial ! Je t'adore ! Donne, donne vite !

— Rien du tout, répliqua Malaurie, taquine.

— Mais... qu'est-ce qui te prend ?

Ombeline adorait Malaurie, seulement, parfois, elle ne la captait pas. Pourquoi la faisait-elle patienter ? Bon, elle le savait, le mieux dans ce genre de situation était de rester calme.

— Allez, Malaurie, j'en ai vraiment besoin.

— Évidemment... Alors, en échange, je veux tes desserts de toute la semaine, surtout les Danettes à la vanille. Je veux aussi que tu joues avec Léontine parce qu'elle me casse les pieds avec les cheveux de ses poupées super emmêlés, et puis je veux que tu me montres les photos du super-mignon-véto quand tu en auras. Et, enfin, je veux que tu m'expliques où tu veux en venir.

— D'accord pour tout. Marché conclu.

— Viens, on va dans la chambre de Jacinthe et tu m'expliques ! dit Malaurie.

À peine le repas terminé, durant leur temps libre juste avant de se coucher, les filles montèrent au premier et frappèrent à la porte de Jacinthe.

— Oh ! Coucou les filles ! s'exclama Jacinthe. Comment allez-vous ? Ça fait plaisir de vous voir. Mettez bien votre masque et installez-vous loin de moi. Vous voyez, je vais mieux, beaucoup mieux même... mais, dans quelques jours, je devrai retourner à l'hôpital. Et puis je suis affreuse, avec ces boutons.

— On s'en fout de tes boutons, non ? Si tu as moins mal, c'est déjà ça, la réconforta Malaurie. Bien sûr, t'es bien plus jolie sans, mais un jour ça partira... Ah ! Au fait, tu sais ? Miss "spécialiste des bestioles" a un super plan !

— Arrête de m'appeler comme ça ! s'écria Ombeline. En vrai, je veux contacter un vétérinaire pour en savoir plus sur ce tigre. Je pense qu'on nous cache des choses. Aussi, je voudrais qu'il m'explique comment on fait pour capturer un tigre.

— Rien que ça ! plaisanta Jacinthe.

— Oui, parce que je suis certaine qu'ils vont l'abattre.

— Tu sais, c'est très dangereux un tigre blanc affamé dans une grande ville.

— D'après mon enquête, renchérit Ombeline, le tigre blanc n'était pas au zoo quand il s'est échappé. Il avait déjà été déplacé ailleurs. Pourquoi ? Je n'en ai pas la moindre idée.

— Et tu sais ça par tes recherches sur Internet et par tes conversations avec les animaux ? la questionna Jacinthe.

— Exact.

— Et ?

— Et vous pourriez, toutes les deux, m'aider à envoyer un mail. J'ai peur de le faire seule, je ne suis pas très douée en orthographe.

— Tu veux qu'on contacte ensemble le docteur Binselle pour lui faire part de ton enquête sur le tigre blanc et lui demander comment il agirait en qualité de vétérinaire ?

— Tu as tout compris. On tombera peut-être sur quelqu'un qui s'en fiche… mais quand même, c'est un véto, non ? J'espère qu'il sera intéressé.

— Mouais… un véto qui soigne les *chienchiens* et les *chatchats-à-sa-mémère* et qui s'intéresserait pour tes beaux yeux à un tigre blanc vorace ! Cette frangine est cinglée ! dit Malaurie, en se marrant.

— Malaurie, sois moins dure avec Ombeline, la reprit Jacinthe. On peut toujours s'y risquer, ça ne coûte rien.

# Utiliser ses dons

Rémy Binselle n'en revenait pas. Après dix années de carrière, jamais il n'avait reçu pareil courrier. Ils ou elles avaient un sacré toupet. C'était signé JOM – ils ne donnaient même pas leur nom, *par peur des représailles ou d'une dénonciation*, disaient-ils. Quel était ce mystérieux groupe : JOM ?

Rémy relut le mail :

Très cher Docteur,

Nous ne nous connaissons pas, mais nous savons déjà beaucoup de choses sur vous. Vous êtes un très bon vétérinaire (une élève de notre classe a effectué un stage dans votre cabinet), vous militez pour de meilleures conditions de vie des animaux en captivité, et vous avez étudié les grands fauves en Afrique pendant vos études de vétérinaire.

C'est la raison pour laquelle nous vous écrivons.

Vous n'ignorez pas que la police recherche le tigre blanc échappé du zoo de la ville. La police va l'abattre sans se poser de questions. Avec le virus, ils ont autre chose à penser. On nous dit à la télévision que ce fauve s'est échappé du zoo à cause du confinement. On nous affirme qu'il y a moins de personnel pour soigner les animaux et qu'il y aurait eu une erreur humaine, qu'une porte aurait été mal fermée.

C'est faux. La fermeture des enclos des fauves est très surveillée. Et puis... nous devons vous dire que l'une d'entre nous a un don très spécial. Elle peut entrer en communication avec les animaux. Elle a interrogé les oiseaux et les rongeurs, et le tigre n'était plus dans son enclos au moment où la direction du zoo a signalé sa disparition. On nous ment, Docteur !

Vous connaissez tellement de choses et, avec votre aide, nous pourrons mener l'enquête. Nous rêvons même de capturer le tigre blanc avant les policiers.

S'il vous plaît, répondez-nous. Si nous pensons que nous pouvons vous faire confiance, nous vous dévoilerons alors notre véritable identité.

Signé : JOM

Expéditeur : jom@gmail.com

Rémy réfléchissait et entama des recherches sur les réseaux vétérinaires. Pourquoi avait-il été si indifférent et si naïf ? Il s'en était tenu au récit des forces de l'ordre interviewées à la télévision. Ce mail du groupe JOM réveillait à présent ses soupçons. Il contacta des collègues vétérinaires par mail et fit des recherches poussées sur des sites spécialisés auxquels seuls les praticiens avaient accès. Il constata que ses vieux amis, anciens étudiants vétérinaires un peu aventuriers, ne croyaient pas à la version de la fuite du tigre.

Ils avaient eux aussi étudié les lions et les tigres en divers endroits du globe, avant de s'installer dans des cabinets en ville. Ils avaient, pour la plupart, étudié les traditions médicinales des différents pays visités. Ensemble, ils avaient lutté contre certaines pratiques ancestrales qui engendraient des tueries depuis des siècles. Les rhinocéros continuaient d'être massacrés et mutilés pour leur corne. Un millier était abattu chaque année et leurs cornes terminaient sur les marchés noirs chinois et vietnamiens. Des dents de tigre étaient vendues à prix d'or. Toute une branche de la pharmacopée se fournissait auprès d'animaux capturés par des braconniers. On leur retirait leurs cornes, leurs griffes, on les tuait pour leur fourrure, leurs organes. Certains, dans leur ignorance, estimaient que les animaux forts et puissants possédaient des vertus quasi magiques pour guérir les maladies des hommes.

Henri, qui partageait le cabinet vétérinaire avec Rémy, le contacta ce soir-là par téléphone. Après avoir échangé quelques banalités, Henri déclara :

— Tu sais, il faut qu'on reparte en enquête, mon vieux pote !

— En enquête ? s'étonna Rémy.

— Ah oui. Ce tigre qui s'est échappé et dont on parle dans la presse : je pense qu'il y a de la magouille derrière. Soit les flics ne savent pas, soit on nous raconte des sornettes.

— C'est vrai que la fuite du tigre blanc, si on y réfléchit bien, cela paraît impossible... Et puis, des témoins attestent qu'il n'était plus dans son enclos au moment de sa disparition, qu'il n'y était d'ailleurs plus depuis longtemps.

— Et comment tu sais ça ?

— Euh... par un mail... Une personne que je ne connais pas et qui aurait des dons.

Rémy lut le message à Henri. Ce dernier éclata de rire. Une personne qui entre en communication avec les animaux, il avait du mal à y croire ! Il avait entendu parler des *chuchoteurs* qui murmuraient à l'oreille des chevaux mais, de là à communiquer avec les oiseaux, les souris, les chats, les chiens... Il ne fallait pas exagérer !

— Bon, écoute, Rémy, tu te mets en contact avec ce groupe JOM et, quand tu en sais plus, tu me contactes. De mon côté, je me renseigne plus avant sur cette mystérieuse disparition.

# L'enquête

– Ton histoire de mail au toubib, ça ne le fait pas du tout. Remarque, je le comprends, il a autre chose à faire. Et puis, ta communication avec les animaux, tant qu'on ne l'a pas vu, on a du mal à y croire.

– Oh ! Malaurie, arrête ! Tu me décourages toujours. Comment on va faire ? Je vais lancer mon enquête, je ne peux plus attendre. Je vais à la rencontre des animaux.

— Mouais… Mais si on obtient des informations, qu'en fera-t-on ? Il est bien notre trio, JOM…

— Oui, il est très bien notre trio, répondit Jacinthe, alors arrête un peu de râler, Malaurie. Personnellement, je suis fière de ce mail et de cette enquête, ajouta-t-elle, tentant d'apaiser le début de dispute entre les filles. Il faut que ce vétérinaire nous réponde et, s'il ne nous répond pas, eh bien nous nous débrouillerons sans lui.

— Je vais me rapprocher à nouveau des oiseaux et de tous les mulots qui vivent autour du zoo, Jacinthe. Je les rencontrerai et je soufflerai mais, avec le confinement, ce n'est pas si facile, je ne peux pas sortir comme je veux. Je demanderai aux chats errants de mener l'enquête pour moi. Ce tigre, on va le retrouver, et on connaîtra la raison de sa fugue !

Quelques jours plus tard, Ombeline parla aux oiseaux, aux souris, aux mulots, chuchota à l'oreille du gros matou de Madame Pichard, qui passa l'information à tous les chats de gouttière du quartier, qui eux répondirent favorablement à la demande d'Ombeline. Ils menèrent l'enquête en ville et Ombeline en sut un peu plus – beaucoup plus, même.

— Les filles, on se retrouve ce soir ! cria-t-elle.

— Vas-y ! Encore plus fort ! Comme ça tout l'orphelinat sera au courant, protesta Malaurie.

— Vous parlez de quoi ? Pourquoi vous dites "tout l'orphelinat" ? s'inquiéta Léontine.

— Ma petite chérie, ce sont des problèmes de grandes. Ne t'inquiète pas, on te racontera plus tard. À ce soir chez Jacinthe, lança-t-elle ensuite à ses amies.

★★★

— Jacinthe, Malaurie, je sais tout, commença Ombeline. Les oiseaux ont survolé le zoo, ils ont questionné les rongeurs, et ils ont fini par localiser une odeur de fauve et des gémissements dans un hangar à la sortie de la ville, près du parking des bus. J'y ai missionné les chats de gouttière ; ils sont revenus avec une belle frousse ! Le tigre blanc est là-bas, blessé et faible, mais ça reste un tigre et il aurait pu attaquer les chats et n'en faire qu'une bouchée. Les chats ont eu pitié de lui, ils ont fouillé dans toutes les poubelles du quartier, celles des restaurants du coin. Après, ils sont passés par la fenêtre qui donne sur le hangar, près du toit, et ont lancé la nourriture au tigre blanc. Ils ne s'en sont pas approchés. Le tigre a eu l'air d'apprécier. Pas au début, bien sûr : les restes de hamburgers, les frites froides, les os de poulet et les épluchures de patates, ce n'était pas trop son truc. Mais il a pigé que ses amis les petits félins ne pouvaient mieux faire. Il avait tenté d'arracher ce que lui avaient greffé les humains au niveau du ventre, près de l'estomac. Il avait souffert, mais les tubes n'avaient pas bougé, et il saignait abondamment.

— Attends… Le tigre blanc est dans le hangar, près du parking des bus, il est nourri par des chats errants… et tu nous annonces ça sans broncher ! Mais c'est horriblement dangereux, Ombeline !

— Vous avez raison, ce n'est pas exactement une peluche.

— Pas une peluche ? On va se faire bouffer toutes crues avec tes recherches à la noix…

— Jacinthe, peux-tu envoyer à nouveau un mail au docteur Binselle pour l'informer que nous avons localisé le tigre et lui donner rendez-vous ?

# Course contre la montre

Les recherches d'Henri avançaient à grands pas. Les laboratoires étaient en concurrence depuis le début de la crise sanitaire, tous cherchaient un remède contre le virus. Chaque groupe pharmaceutique de la planète déployait des moyens considérables pour essayer de comprendre le *fonctionnement* du virus : il fallait venir à bout de cette cochonnerie.

Trouver le bon traitement permettrait en plus d'engranger des revenus pour plusieurs dizaines d'années. La course à la recherche avait donc commencé, et tous les laboratoires du monde n'avaient qu'un objectif : gagner le *jackpot* ! Il y avait même un groupe de chercheurs du Bengale qui se penchait sur un grimoire du siècle dernier alléguant que la bile de tigre blanc était un remède unique contre les brûlures…

Henri en était maintenant certain : la disparition de ce tigre n'avait rien à voir avec le zoo. On *voulait* ce tigre. Pour un traitement ? Pour des expériences ?

— Bonjour Rémy, c'est Henri. Bon, ton histoire de personne qui communique avec les animaux, je reste perplexe. En revanche, pour ce qui concerne le tigre, il y a un trafic derrière. Ce n'est pas l'unique tigre dont on déplore la disparition, d'ailleurs. Les zoos semblent de mèche. Il ne se passe rien et, tout à coup, comme par magie, ils s'aperçoivent qu'un tigre blanc a disparu. Mais, cette fois, c'est différent : le tigre leur a faussé compagnie.

— Super Henri ! Tu es trop fort… Je vais contacter ce mystérieux groupe JOM et leur proposer un rendez-vous. Nous nous y rendrons ensemble et nous verrons si nous parvenons à remonter la piste du tigre.

— D'accord Rémy, je te suis sur ce coup. On fait quoi si on le retrouve, ce tigre ? On est en plein confinement, on ne peut pas circuler. Ce n'est pas du genre matou docile, un tigre blanc de 300 kg ! On l'endort ? Et on l'emmène où ?

— Faudra le ramener au zoo, on ne peut pas le garder au cabinet vétérinaire. Sinon, il y a aussi la réserve à six cents bornes d'ici, au-dessus de Lyon. Ce parc n'a rien de commun avec un zoo, il est géré par des militants. Les animaux sont en liberté dans de grands enclos grillagés et, au fil du temps, ils recommencent à chasser. Et, en plus, les mecs de ce parc ramènent les fauves dans leur habitat naturel si c'est possible.

— Rémy, tu penses à tout ! Nous les prévenons et nous prenons rendez-vous avec le JOM. Faut se dépêcher, les heures sont comptées pour ce pauvre tigre...

# Un périple à travers la ville

« Tu es sûre de ton coup ? J'ai un peu les chocottes, quand même… On le connaît pas, ton docteur Binselle. On va directement sur le parking des bus et le tigre blanc est juste à côté ! » dit Malaurie.

Elle n'aurait jamais laissé tomber Ombeline – elle lui était fidèle – mais, même si elle aimait l'aventure, cette fois, elle avait peur. Le virus dehors. L'interdiction de sortir. Le tigre blessé à deux pas d'ici. Deux inconnus vétérinaires rencontrés par mail. Ça faisait beaucoup pour une jeune fille de 14 ans, certes *punk* et intrépide, mais qui réfléchissait avant de se jeter dans la gueule du loup.

Jacinthe appréhendait beaucoup aussi. Elle était l'adulte du trio et se sentait responsable des deux jeunes filles. Par bonheur, elles avaient réussi à convaincre Léontine de rester jouer à l'orphelinat. Jacinthe portait son masque et son téléphone dans une poche pour le cas où il faudrait appeler la police. Elle trouvait ce docteur Binselle très sympathique et poli ; il avait bien un peu hésité, mais il s'était lancé dans des recherches remarquables et la piste d'un enlèvement du tigre se précisait de jour en jour.

Ombeline, quant à elle, ne doutait pas de ses pouvoirs – de toute façon, ce n'était pas le moment. Jacinthe l'encourageait depuis toujours et, ces derniers temps, elle avait communiqué avec un grand nombre d'animaux afin de mener son enquête. Mais, cette fois-ci, il s'agissait d'un tigre… Accepterait-il qu'elle le regarde dans les yeux sans imaginer une provocation ? Chez les chiens dominants, les regarder dans les yeux revenait à les provoquer. Sans compter que le tigre était blessé.

« Les voilà. La camionnette verte avec le caducée d'Hermès, le symbole des médecins, remarqua Malaurie qui avait étudié la mythologie en CE1. Ils ont demandé qu'on descende en premier après deux appels de phare. Méfiants, les gars ! »

Jacinthe se gara. Ses bras étaient recouverts de bandages. Elle bénéficiait d'un répit depuis son dernier séjour à l'hôpital, deux jours auparavant. Elle portait masque et gants, et avait prévenu les deux vétérinaires qu'elle avait attrapé le virus. Ces derniers ne s'en étaient pas offusqués, Henri et Rémy connaissaient un certain nombre de personnes malades dans leur entourage.

Ils ne furent donc pas surpris de voir descendre de la voiture une jeune femme gantée et masquée. En revanche, ils furent étonnés de voir les deux jeunes filles qui l'accompagnaient.

Le gang des JOM, c'était donc ça ! Une jeune femme malade, une adolescente et une gamine ! Pour capturer un tigre, c'était un peu juste !

— Bonjour Messieurs.

— Bonjour. Voici Henri, et moi c'est Rémy. Enchantés.

— Enchantée, je suis Jacinthe et je vous présente Ombeline et Malaurie. J pour Jacinthe, O pour Ombeline et M pour Malaurie, expliqua-t-elle en rougissant.

— Les fameux JOM ! s'exclama Rémy. Eh bien, je suis pas mal surpris, pour dire la vérité. Sans vouloir vous vexer, vous me semblez... comment dire... *fragiles* pour une telle mission.

— Fragiles ! s'écria Malaurie, qui n'avait pas ouvert la bouche jusque-là. Je vous rappelle que, sans Ombeline, personne n'aurait su au sujet du tigre. C'est grâce à elle, à *nous*, que vous êtes ici !

— C'est vrai. Je n'avais rien soupçonné avant votre mail... Alors c'est toi, la célèbre Ombeline qui entre en communication avec les animaux ?

— C'est moi, oui, mais je n'ai encore jamais essayé avec une grosse bête sauvage.

— Dans tous les cas, on a pris de quoi l'endormir, tu sais, parce qu'on ne pourra pas le transporter sans l'anesthésier. Sans le don que tu possèdes, nous n'aurions pas pu le localiser, et ça m'intrigue. Aujourd'hui, on va juste voir s'il est bien là et, s'il l'est, on reviendra demain.

Tous se dirigèrent vers le hangar. Par prudence, ils choisirent de le contourner et de jeter un œil à travers le hublot au-dessus du toit, l'endroit choisi par les chats pour lancer de la nourriture au tigre.

Rémy et Henri furent épatés et rassurés de voir Ombeline les guider grâce aux indications données par les chats.

Le tigre était là, en contrebas, majestueux. Un énorme mâle de 5 ou 6 ans. Ses yeux bleus trahissaient sa fatigue et sa lassitude. Sur sa fourrure blanche, à hauteur de l'abdomen, des taches de sang supposaient une blessure profonde. L'animal les avait sentis, mais il n'avait pas la force de se lever.

— Il est dans un sale état, jugea Henri. Il a perdu beaucoup de sang. Nous devons l'emmener ce soir, nous n'avons pas le choix. Il ne survivra pas longtemps dans ces conditions.

— Ombeline, parle-lui, murmura Jacinthe. Fais-lui comprendre que nous allons nous occuper de lui.

Ombeline souffla doucement. Le tigre grogna. Elle recommença jusqu'à ce qu'il la regarde fixement. Trop loin de lui, elle s'approcha en empruntant l'échelle qui permettait de descendre jusque dans le hangar. Le tigre, méfiant, grogna de plus belle dans l'intention de l'intimider. Henri le mit aussitôt en joue, prêt à tirer une dose de tranquillisant.

Arrivée à quelques mètres de l'animal, Ombeline souffla de plus belle, jusqu'à ce que le tigre plonge ses yeux dans les siens. Dès lors, elle lui expliqua qu'ils étaient venus à son secours, qu'ils allaient l'emmener et le soigner. En réponse, le tigre lui raconta ce que les hommes avaient fait de lui :

– Ils sont venus me chercher au zoo et m'ont fait un trou dans le ventre. Chaque jour, ils me prélevaient du sang. Je ne sais pas pourquoi. J'avais mal et je me sentais faible. Un jour, alors que j'étais allongé sur la table glaciale et qu'on me ponctionnait du sang à travers le trou dans mon ventre, je m'aperçus que la sangle qui me retenait était mal serrée. Peut-être pensaient-ils que j'étais à moitié endormi. Et je somnolais, effectivement, mais, dans un sursaut de lucidité, je parvins à me dresser sur la table, à rompre les sangles et à bondir sur les deux hommes en blouse blanche. Deux coups de patte suffirent à les mettre hors d'état de riposter, ce qui me permit de prendre la fuite. Ensuite, mes forces déclinèrent un peu plus chaque jour, et je me suis réfugié ici, dans ce hangar. Plus tard, des chats sont venus me nourrir. Ainsi, moi, le fauve, je dépendais de petits félins – qui aurait pu l'imaginer ?

Ombeline lui dit qui étaient ces chats et comment elle les avait envoyés à sa recherche. Une relation de confiance s'instaurait avec le grand fauve :

— Nous allons t'endormir maintenant. Il faut nous faire confiance, tu n'as rien à craindre de nous.

Sur un signe de tête d'Ombeline, Henri fit feu et la fléchette anesthésique atteignit l'épaule du tigre blanc, qui gémit légèrement. Celui-ci ne cessa de fixer Ombeline, cherchant dans ses yeux à savoir s'il s'agissait d'une nouvelle trahison des hommes.

# Cacher un tigre en plein Paris

Circuler à Paris en plein confinement avec un tigre à l'arrière d'un fourgon vétérinaire et des contrôles sur tous les grands axes ne fut pas une simple affaire. Il fallut prendre des rues plus petites qui rallongèrent le parcours, et le tigre blanc risquait de se réveiller à tout moment. Le cacher dans un cabinet vétérinaire qui accueille habituellement chiens, chats et cochons d'Inde ne fut pas non plus aisé. Son rugissement étant caractéristique, il valait mieux éviter que les voisins ne l'entendent.

Opérer un tigre demandait des précautions. Rémy et Henri y passèrent des heures, au péril de leur vie. L'endormir sans risque nécessitait un dosage précis des anesthésiants, ni trop ni trop peu. Ombeline avait raconté aux deux vétérinaires ce que lui avait confié le tigre. Les deux hommes surent alors que les laborantins pratiquaient des tests sur le tigre vivant en prélevant du sang, du plasma et des extraits de foie pour ensuite mettre en culture les cellules dans un laboratoire clandestin. Ils le condamnaient ainsi à une mort certaine. Rémy et Henri craignaient aussi qu'ils aient mis le sang de l'animal en présence du virus pour leurs expériences.

Rémy et Henri savaient bien que ces croyances étaient infondées. Un vaccin était sur le point de voir le jour, mais il ne s'agissait évidemment pas d'un vaccin à base de sang de tigre. Certains laboratoires tentaient leur dernière chance en proposant des sérums à base de cellules de tigre blanc, mais ce n'était là qu'un traitement digne d'un apprenti sorcier de Poudlard.

★★★

Une fois opéré, le tigre blanc mit plusieurs jours à reprendre des forces. Les deux vétérinaires craignaient qu'il ne survive pas. Les prélèvements avaient été faits dans de mauvaises conditions d'hygiène par le laboratoire clandestin, et une partie de son abdomen, là où étaient posés les cathéters, était surinfectée.

Par bonheur, petit à petit, le tigre parvint à se nourrir et, enfin, à se lever. Chaque jour, Ombeline venait le voir et communiquait avec lui selon un rituel établi, les yeux dans les yeux. Il lui apprit ainsi qu'il avait été capturé pour le zoo seulement deux ans auparavant. Il lui confia qu'il aimerait revoir les siens mais qu'il ne savait pas s'ils étaient encore vivants. Une fois, elle osa passer la main à travers les barreaux de la cage pour lui caresser une patte. Souvent, elle eut envie d'ouvrir la cage et de s'approcher de lui, mais elle n'osa pas.

# En camion vers la réserve

Un matin, Rémy, Henri et Jacinthe chargèrent la cage du grand tigre dans le camion vétérinaire. Il était somnolent et apaisé, prêt pour son long voyage vers la réserve à six cents kilomètres d'ici.

Ombeline avait pris le temps d'échanger longuement avec lui. Elle l'avait rassuré et lui avait promis qu'il retrouverait une certaine liberté, pas la vie sauvage mais quelque chose de bien mieux que le zoo. Un jour, peut-être, il serait à nouveau réintroduit dans son habitat naturel et reverrait les siens. Pour l'instant, il devait reprendre des forces et réapprendre à chasser. Le grand tigre blanc l'écoutait avec attention.

— Tu l'apaises, Ombeline, tu as un véritable don. C'est un grand fauve et tu parviens à communiquer avec lui, lui avait dit Henri, admiratif.

— Quel métier tu voudrais faire plus tard, Ombeline ? demanda Rémy. Tu devrais sérieusement réfléchir à toutes les possibilités d'un métier avec les animaux... pas forcément véto, bien sûr.

— Tu veux dire *chuchoteuse* ? demanda Jacinthe.

— Quelque chose comme ça, oui. Un métier qui nous permettrait de progresser dans la connaissance que nous avons des animaux.

— L'homme ne souhaite pas spécialement connaître les animaux, commenta Jacinthe. Il préfère les utiliser, les exploiter, et ça ne l'intéresse pas de savoir que l'animal possède sa propre forme d'intelligence, sa propre sensibilité, et qu'il perçoit davantage de choses que ce que l'on imagine.

— C'est vrai… mais c'est faux aussi ! Les gens changent, les esprits évoluent, développa Rémy. La catastrophe écologique n'y est pas étrangère. La génération d'Ombeline ou de Malaurie pense différemment.

*Ces deux-là s'entendent de mieux en mieux*, se dit Ombeline en constatant que Rémy et Jacinthe s'engageaient dans une grande discussion. Elle aurait aimé que Rémy ait raison, que les enfants de son âge respectent les animaux, mais ce n'était pas le cas. Pour elle, c'était différent : elle communiquait depuis toujours avec eux, sans même se rendre compte qu'il s'agissait d'un don spécifique… et cela jusqu'à ce qu'elle perde sa maman et qu'elle se retrouve à l'orphelinat. Toutes les deux échangeaient naturellement, sans se poser de questions, avec les animaux. Elles les observaient, les estimaient et décidaient de sympathiser ou de se méfier. Ensemble, elles recueillaient les bêtes blessées et les soignaient ; et, parfois, elles avaient beaucoup de mal à laisser repartir les souris, oiseaux, escargots, écureuils qu'elles sauvaient. Sa maman lui manquait tellement… Sa seule consolation lui venait de Jacinthe – Ombeline l'aimait comme une grande sœur.

Quant à Malaurie, derrière ses faux airs de dure à cuire, ses incessants gros mots et ses coupes de cheveux impossibles, c'était *une bonne pâte*. Des années auparavant, elle avait abordé Ombeline d'une drôle de manière: « Les nénettes comme toi me plaisent! » Ombeline, toute petite à l'époque, avait été flattée et était étonnée même qu'on lui dise qu'elle était une *nénette* et qu'on s'intéresse à elle. En ce temps-là, elle pleurait sans cesse et, chaque fois, Malaurie la prenait dans ses bras: « Allez, petite belette, viens voir ta grande sœur, la vie est trop dure, mais on y arrivera, t'inquiète! »

Ombeline avait interrogé Rémy et Henri sur les réserves naturelles où ils se rendaient. Des réserves qui avaient un rôle de sauvegarde et de protection des espèces menacées. Elles étaient dirigées par un conservateur, des vétérinaires y travaillaient en permanence et des gardes-forestiers patrouillaient. Comme les parcs nationaux, les réserves naturelles ne souffraient pas ou peu de l'impact de l'homme. *Mais la véritable nature n'a pas besoin d'être inscrite comme réserve ou parc*, se disait Ombeline, *c'est chez lui, au Bengale, que devrait être le grand tigre blanc.*

Après le départ du tigre, Ombeline se sentit triste et se promit d'aller le voir. Si elle ne savait pas encore comment elle ferait, elle n'envisageait pas un seul instant de ne jamais revoir les grands yeux clairs de l'animal.

# Embauchés par la réserve

— Cette enquête pour trouver le tigre, ça m'a carrément fait kiffer ! Ce sera mon taf plus tard… enfin si j'ai un taf… on verra, annonça Malaurie. Ne fais pas la tête, petite frangine, on ira le voir, ton grand tigre blanc ! On n'allait pas l'amener à l'internat tout de même ! T'imagines la réaction de la directrice !

— Je sais, mais je suis triste.

Ombeline ne s'habituait pas au départ du grand fauve. Et puis Jacinthe et Rémy ne revenaient pas – cela faisait trois semaines qu'ils étaient partis.

— C'est parce qu'ils restent aux côtés du tigre. Ils l'observent et ils calculent quand ils pourront le remettre dans son milieu naturel. T'as bien vu les vidéos qu'ils nous ont envoyées sur WhatsApp, la consola Malaurie.

— Et si Jacinthe ne revenait pas ?

— Quoi ?

— Si elle restait travailler avec Rémy ?

— D'abord, Rémy bosse ici puisqu'il a son cabinet de véto avec Henri à Paris. Ensuite, Jacinthe a un traitement à poursuivre à l'hôpital. Et elle ne sait s'occuper que des oiseaux et des orphelines ! répondit Malaurie, en riant.

En réalité, elle aussi s'inquiétait. Ombeline le sentait.

— T'as pas trouvé qu'ils étaient proches tous les deux ?

— Rémy et Jacinthe ? Non, je n'ai rien remarqué ! s'exclama Malaurie.

— Moi non plus, je n'ai rien *vu*... mais j'en ai l'impression, insista Ombeline.

— En même temps, ce serait cool pour elle !

— Oui, ce serait cool… pour elle, ajouta Ombeline, sans dissimuler sa tristesse.

— Écoute, ma belette, Jacinthe ne restera pas toute sa vie avec nous. L'orphelinat, un jour, ce sera *bye-bye* ! *adios* ! *finito* !

— Ça me fait tellement peur…

— T'inquiète belette ! Je serai là, moi ! On vivra dans mon *squat* de *punkettes*. Avec Léontine. Trois frangines pour la vie ! *For the life*!

Malaurie était convaincue qu'elles resteraient toute leur vie toutes les trois. Elle jurait qu'elles avaient vécu des choses tellement dures que rien ne les séparerait.

Ombeline aimait se raccrocher à ce rêve.

★★★

Le soir, au réfectoire, Madame Lombardau était de fort mauvaise humeur et, quand le dessert fut servi, elle imposa le silence :

— Taisez-vous, je vous prie ! J'ai une information de première importance à vous transmettre. Je ne parlerai pas tant que j'entendrai du bruit.

À son petit air pincé des mauvais jours, les filles comprirent qu'il valait mieux ne pas abuser de sa patience au risque d'être punies. Un silence de cathédrale se fit et on n'entendit même plus le bruit des petites cuillers tinter dans les bols.

— Bien. Je suis au regret de vous apprendre que Jacinthe va nous quitter.

Grondement dans la salle.

— Silence ! hurla Madame Lombardau. Comme vous le savez, depuis des mois, Jacinthe est malade. Elle ne peut rester éternellement avec nous sans travailler. Je lui avais demandé de prendre une décision dès que possible. En attendant, elle pouvait garder sa chambre. Vous savez comme moi que Jacinthe a été pensionnaire dans cet orphelinat et qu'elle n'avait aucune famille où aller durant sa maladie.

Madame Lombardau toussota puis reprit :

— Je lui avais donc fait savoir qu'à moins de guérir et de reprendre son travail, nous ne pourrions pas la garder. C'est chose faite… Jacinthe va nous quitter. Miss Péguy, qui vient ici chaque matin et chaque soir, la remplacera dès la semaine prochaine.

La salle protesta, le brouhaha monta et, malgré la peur des punitions, les filles les plus âgées crièrent leur mécontentement :

— C'est de votre faute si elle s'en va !

— En réalité, elle n'a pas le choix ! Vous la mettez dehors ! Vous ne lui laissez pas le temps de guérir.

— Non, je ne l'ai pas mise à la porte ! s'époumona Madame Lombardau. Je lui ai juste fait comprendre qu'elle ne pourrait pas rester ici toute sa vie. Je ne lui ai pas dit de chercher ailleurs et, pourtant, c'est ce qu'elle a fait.

Le calme finit par revenir, même si ces explications en laissaient plus d'une perplexe.

— Que va-t-elle faire ? s'enquit Malaurie.

— Elle va travailler dans une réserve naturelle. Je n'ai pas vraiment compris pourquoi. Je ne savais même pas qu'elle aimait les animaux, se défendit Madame Lombardau.

Le repas s'acheva dans un silence gêné. Les filles s'attristaient du départ de Jacinthe car elles savaient qu'elle désirait rester à l'orphelinat. Elle aimait ce travail même si elle ne supportait pas la directrice. Il y avait assurément une bonne raison pour qu'elle ait décidé de partir malgré sa santé fragile.

Toutes, sauf Malaurie et Ombeline, ignoraient l'histoire du tigre blanc, de Rémy et d'Henri.

Une fois dans le dortoir, Malaurie vint s'allonger sur le lit d'Ombeline.

— Tu avais raison, elle doit être amoureuse de Rémy, sinon elle ne nous aurait pas abandonnées, maugréa Malaurie, énervée.

— Toi-même tu me disais qu'elle n'allait pas passer sa vie à l'orphelinat, répondit amèrement Ombeline.

— Peut-être… mais c'est si rapide, et elle va tellement me manquer…

— À moi, elle me manque déjà, tu sais. Et puis, j'aurais aimé l'apprendre dans d'autres conditions, bougonna Ombeline.

— Autrement que par cette vieille bique ! grogna Malaurie. Cette vieille schnock voulait qu'elle parte, alors elle a cherché ailleurs…

Ombeline se retenait de fondre en larmes.

# La lettre de Jacinthe

Le lendemain matin, Malaurie sauta sur le lit d'Ombeline.

— Réveille-toi ! Debout !

— Quoi ? C'est déjà l'heure ? ronchonna Ombeline, les yeux encore emplis de sommeil.

— C'est l'heure du p'tit-déj' mais, surtout, on a du courrier ! Miss Péguy me l'a dit ! Elle m'a aussi prévenue qu'on ne l'aurait pas tant que nous ne serions pas lavées, que nous n'aurions pas pris notre déjeuner et débarrassé les bols. Un vrai adjudant, celle-là ! plaisanta Malaurie.

Les filles burent leur chocolat sur le pouce et, à peine leurs deux tartines au beurre englouties, elles débarrassèrent la table ainsi que le bol de Léontine qui avait encore du mal à se débrouiller seule. Ensuite, elles coururent à la bibliothèque où les attendait Madame Lombardau avec une lettre de Jacinthe.

« Tenez Mesdemoiselles. Je vous remercie de me transmettre les informations qui me sont adressées par Jacinthe s'il y en a. »

Ombeline, Malaurie, Léontine attendirent que Madame Lombardau s'en aille avant de s'installer dans les fauteuils près du coin des bandes dessinées et d'en commencer la lecture.

Ombeline, Malaurie, Léontine, mes petites chéries,

J'espère que vous allez bien. Le tigre blanc s'est habitué à son nouvel environnement. Rémy et Henri ont continué les soins. Ses blessures sont profondes et il mettra du temps à guérir. Rémy et Henri ne savent pas s'il pourra repartir un jour dans son pays. Aura-

t-il la force de vivre dans la nature après tout ce qu'il a enduré ?
Madame Lombardau m'a demandé de reprendre mon travail au plus vite. Comme vous le savez, je ne peux pas à cause des traitements. Je ne vous en ai pas parlé pour ne pas vous inquiéter. Ma maladie en est toujours au même point. Un jour, ça va et, le lendemain, c'est terrible.
À la réserve, ils ont besoin d'un vétérinaire spécialisé dans la faune sauvage et d'une animatrice pour les groupes de touristes qui la visitent. Rémy a été embauché pour trois ans. C'est une mission pour observer les animaux sauvages et les soigner. Henri rentrera à Paris pour s'occuper du cabinet vétérinaire.
Les gens ici sont très gentils avec moi, ils acceptent que je me soigne avant de commencer le nouveau travail. En attendant, je reprends des études pour parfaire mes connaissances et mieux expliquer le mode de vie des animaux aux visiteurs.
Nous sommes installés à quelques pas de la réserve, dans une petite maison en bois. Nous entendons les lions rugir et les éléphants barrir à seulement quelques centaines de mètres. C'est un peu comme si nous étions dans la jungle.
Et puis, je voulais vous annoncer que je me suis installée avec Rémy. Il est formidable. Je lui ai beaucoup parlé de

l'orphelinat et de vous trois. Nous prendrons la voiture dès que c'est possible et nous viendrons vous voir.
Je pense tout le temps à vous. Soyez bien sages. Attendez-nous.

Je vous embrasse fort.
Jacinthe

Les filles demeurèrent silencieuses après avoir lu la lettre. Jacinthe était donc partie, pour trois ans au moins, et elle semblait heureuse. Elles étaient contentes pour leur amie.

— On ne verra plus Jacinthe, alors ? demanda tristement Léontine.

— Jacinthe va vivre dans une maison en bois, tout près des animaux et avec son amoureux. C'est génial pour elle, ma puce, la consola Ombeline.

— Et nous ? insista la fillette.

— Comment ça, *nous* ? Eh bien, on reste toutes les trois comme avant, et on ira la voir bientôt dans sa nouvelle maison ! s'écria Malaurie.

— Pourquoi tu hurles ? s'inquiéta Léontine.

— Parce que je suis contente, mentit Malaurie en serrant les dents pour ne pas sangloter.

La journée s'écoula douloureusement, et Ombeline relut plusieurs fois la lettre. Le soir, elle sentit qu'elle perdait un pan entier de son insouciance d'enfant. Jacinthe partait et c'était tellement brutal. Elle se coucha le cœur gros et, comme chaque fois qu'elle vivait un coup dur, elle rejoignit Malaurie dans son lit, qui tenait déjà Léontine entre ses bras. Elles s'endormirent ensemble serrées, dans le petit lit.

# Le grand jour

Madame Lombardau était contrariée quand il arrivait quelque chose d'heureux aux enfants et, aujourd'hui, les filles étaient gaies. Jacinthe avait prévenu de sa visite.

« Coucou mes chéries ! »

Jacinthe eut à peine le temps de descendre de la voiture et toutes les filles accoururent. Elle portait son masque mais semblait aller beaucoup mieux. La peau de ses bras n'était plus aussi rouge et elle souriait. Elle avait envoyé un courrier aux pensionnaires leur annonçant qu'elle guérissait et qu'elle souffrait moins des conséquences du virus. D'autre part, l'institut Pasteur était en bonne voie pour trouver le vaccin, et les terribles expériences sur les animaux cesseraient pour au moins un temps.

Rémy extirpa une grosse boîte de la voiture et prit à l'intérieur des porte-clés à l'effigie de la réserve qu'il offrit aux enfants. Avec Jacinthe, ils avaient prévu un pique-nique pour cinquante personnes. Les filles, Madame Lombardau, Miss Péguy, le cuisinier et la dame de ménage se retrouvèrent au pied du grand tilleul. Ce midi, pas de réfectoire, mais des rires, des chansons, des sandwichs, des chips, des pommes, des bonbons au miel et des sucettes à la pomme.

Madame Lombardau avait abandonné tout espoir de maintenir ses pensionnaires sagement assises. Elle s'entretenait avec Rémy et semblait préoccupée :

— Mais, Monsieur Binselle, “un tiers de confiance”... nous n'avons jamais mis ça en place dans notre orphelinat.

— Eh bien, il faut un début à tout, Madame Lombardau ! répondit Rémy, nullement impressionné par cette grosse dame peu aimable. J'ai rempli tous les papiers, et nous avons pris rendez-vous auprès des services de suivi de l'enfance en difficulté. Ils sont venus chez nous, ils ont effectué une enquête et nous avons vu des psychologues. Vous savez, Madame Lombardau, tout ceci est très sérieux…

— Sans doute… Je ne vois pas pourquoi je m'y opposerais, de toute façon. Nous convoquerons les filles après le pique-nique pour leur expliquer.

La fête dura plusieurs heures. Vers 15 heures, Jacinthe sonna le rassemblement :

« Venez ! Nous devons vous parler dans le bureau de la directrice ! »

Pas bien rassurées, Malaurie, Ombeline et Léontine suivirent Jacinthe et Rémy qui se tenaient par la main.

Les rendez-vous dans le bureau de la directrice n'étaient jamais de bon augure. Mais, cette fois, Jacinthe semblait joyeuse. C'était à n'y rien comprendre !

— Asseyez-vous, tous ! commanda avec son autorité naturelle Madame Lombardau, avant de lire le papier qu'elle tenait entre ses mains :

Un tiers de confiance peut se voir déléguer totalement ou partiellement l'autorité parentale, conformément à l'article 377 du Code civil. Ce tiers peut être un membre de la famille, ou un établissement agréé ou le service d'aide à l'enfance, ou encore un proche digne de confiance.

— Madame Lombardau, permettez-moi de vous interrompre, la coupa Rémy. Vous nous lisez le texte juridique, mais les filles ne comprennent pas vraiment de quoi il s'agit, j'imagine.

— Mes chéries, précisa Jacinthe en s'adressant à Malaurie, Ombeline et Léontine. Rémy et moi allons vivre ensemble. Nous demeurerons dans la maison de la réserve durant trois années entières, puis nous emménagerons ailleurs. Nous nous sommes renseignés auprès des services qui s'occupent des orphelins, et nous aimerions vous accueillir chez nous. Vous avez toujours souhaité ne pas être adoptées séparément, alors nous vous proposons de venir vivre avec nous. Nous deviendrons des adultes *tiers de confiance* et nous prendrons soin de vous.

Jacinthe marqua une pause avant de reprendre :

— Mais, d'abord, une question à vous trois : avez-vous envie de vivre avec Rémy et moi ? Nous habiterons près de la réserve et vous irez à l'école tout près de chez nous. Bientôt, je serai guérie et je travaillerai. Qu'en pensez-vous ?

Ce qu'elles en pensaient ! Les filles n'en revenaient pas. Malaurie, peu adepte des grandes déclarations, sauta dans les bras de Jacinthe qui faillit tomber à la renverse de sa chaise.

Ombeline ne rêvait de rien d'autre que vivre chez Jacinthe. Elle n'aurait même pas imaginé quelques semaines plus tôt que cela fût possible.

Quant à Léontine, du haut de ses 4 ans, elle ne trouva rien de plus à ajouter que :

— Alors, vous allez être un peu comme notre papa et notre maman !

Plus tard, les filles firent leurs bagages en hâte, leurs menus souvenirs prestement emballés dans de grands sacs. Ensuite, au réfectoire, elles expliquèrent aux pensionnaires ce qui leur arrivait.

★★★

Avant de quitter l'orphelinat, Jacinthe prit Ombeline à part :

« Une petite lampe en forme de grenouille t'attend dans la nouvelle maison... » lui dit-elle en souriant.

Ombeline pensa que le bonheur devait avoir cette saveur et, toute légère, elle se jeta dans les bras de Jacinthe.

De plus, elle allait revoir le grand tigre blanc...

RESTER VIVANT

La collection **RESTER VIVANT** est constituée de nouvelles et de romans qui parlent du monde d'aujourd'hui, en abordant sans détour les questions écologiques, sociales et éthiques qui émergent au sein de la société dans laquelle nous évoluons. Elle s'adresse en priorité aux pré-ados, aux ados... et plus généralement à tous les lecteurs qui résistent encore à l'asservissement des esprits, quel que soit leur âge. Ces livres ont pour ambition, en plus d'attiser l'imaginaire du lecteur, d'éveiller son sens critique et de poser un regard incisif sur nos comportements individuels et collectifs.

80 pages • 14 × 19 cm
9,50 € TTC
Parution : juin 2018
ISBN : **979-10-96935-06-2**

*Yaëlle a un grand frère handicapé, Pierrot. Un matin, elle lui propose de l'accompagner à l'école. Pierrot est ravi : ça fait tellement longtemps qu'il rêve d'aller à l'école des gens normaux. Mais quand on se moque de lui, il perd tous ses moyens. Alors, il fugue et s'égare dans la ville, où il rencontre la Dame, qui vit dans la rue et dans un château en carton.*

112 pages • 14 × 19 cm
11,50 € TTC
Parution : février 2020
ISBN : **979-10-96935-47-5**

*Des robes et du maquillage à ne plus savoir qu'en faire. Une tablette nouvelle génération à un prix canon. Une nouvelle loi sur l'obsolescence qui plaira à tous les ados du monde. Un petit commerce pas très légal. Un père Noël égaré au cœur de l'Afrique. Un enfant bien nourri par sa mère et par sa nounou.*

Black Friday, *ce sont six nouvelles d'humour noir à consommer sans modération. Mais attention, ce Vendredi noir vous laissera un goût amer dans la bouche : quand règnent l'hyperconsommation et les promotions perpétuelles jusqu'à la nausée, c'est notre planète qui souffre d'indigestion.*

146 pages • 14 × 19 cm
12,50 € TTC
Parution : octobre 2020
ISBN : **979-10-96935-66-6**

*Gaspard est un garçon sérieux. Et même trop sérieux pour ses parents qui sont… désorganisés et désordonnés, moqueurs et chamailleurs, saugrenus et farfelus, surprenants et extravagants, plutôt hauts en couleur et assez farceurs.*

*Gaspard n'en démord pas : c'est à lui d'assurer au quotidien. Sinon, qui va s'occuper d'Annabelle, sa petite sœur, et de Paracétamolle, le singe rescapé des laboratoires Servais ? Et, pour assurer, il assure ! Toujours à l'heure pour préparer le biberon d'Annabelle, toujours le premier à l'école et toujours attentif au régime sans gluten de Paracétamolle.*

*Jusqu'au jour où, sans le vouloir, Gaspard fait pleurer la belle Nina. Ces larmes dans ces yeux-là, ce n'est pas possible. Alors, Gaspard va tout faire pour réparer le sourire envolé. Quitte à laisser tomber son rôle d'enfant modèle… ou pas.*

96 pages • 14 × 19 cm
10,50 € TTC
Parution : octobre 2018
ISBN : **979-10-96935-11-6**

*Quelle étrange idée d'appeler un enfant Charlemagne ! Sans cet étrange prénom, Charly en est sûr, il serait un enfant comme les autres… à quelques adjectifs près. On le dit en effet trop distrait, dissipé, dispersé, voire discourtois, au grand dam des adultes qui l'entourent. Et cela lui vaut souvent les moqueries de ses camarades.*

*Charlemagne est dyslexique, dysorthographique et dyspraxique. Mais qui a dit que les enfants multi-dys étaient bons à rien ? Tout le monde a un talent qui ne demande qu'à être révélé. C'est peut-être une chance d'être différent !*

RESTER VIVANT

···> https://www.instagram.com/le_muscadier/

160 pages • 14 × 19 cm
12,50 € TTC
Parution : février 2019
ISBN : **979-10-96935-24-6**

*« Dès la première récréation, j'ai compris que ma vie ne tenait qu'à un fil. Éric s'est armé tout de suite comme le roi de la cour. Il a organisé deux équipes de foot, les plus grands d'un côté, les plus petits de l'autre. Inutile de préciser de quel groupe je faisais partie. Les filles, elles, sont allées jouer plus loin, à côté de la barrière. Les règles du foot, normalement, tout le monde les connaît. Pas celles décidées par Éric. Il confond foot et bowling. Lui et son équipe étaient des lanceurs, nous, les plus maigres, les quilles. »*
*Un roman à quatre mains sur un sujet encore tabou de nos jours : le harcèlement scolaire et l'impuissance de l'Éducation nationale face à ce fléau.*

112 pages • 14 × 19 cm
10,50 € TTC
Parution : juin 2019
ISBN : **979-10-96935-29-1**

*Depuis trois ans, dans mon pays, on a un roi. Et on ne parle plus. On ne chante plus. On n'a plus le droit. On murmure à peine quelques mots. Même les oiseaux se taisent. Depuis trois ans, la vie est si triste ici.*

*Et puis, est arrivée Pamina. C'est une nouvelle dans ma classe. Elle est belle et, avec elle, je me sens pousser des ailes.*

*Le silence a trop duré. Je veux combattre notre roi.*

160 pages • 14 × 19 cm
12,50 € TTC
Parution : octobre 2020
ISBN : **979-10-96935-65-9**

*Mobou est un Pygmée Baka de dix ans. Il vit avec les siens dans un campement situé au cœur du bassin du Congo. Mobou aime chasser. La forêt mystérieuse et grouillante de vie est son terrain de jeux favori et le rat de Gambie, sa proie préférée.*

*Un jour, le petit peuple de la forêt reçoit la visite d'un fonctionnaire de Kinshasa : le gouvernement vient de vendre une portion de leur territoire à des exploitants forestiers étrangers. Les Pygmées reçoivent l'ordre de déménager… dans des huttes de béton.*

*Alors, avec les siens et un couple de chercheurs membres d'une ONG, Mobou met en place tout un arsenal de défense. Son objectif : forcer les tueurs d'arbres à quitter la forêt.*

80 pages • 14 × 19 cm
9,50 € TTC
Parution : juin 2018
ISBN : **979-10-96935-09-3**

*À l'origine, le Plastivorax était une formidable avancée en biotechnologie. Côté pile, on allait traiter sans résidu ni pollution tous les déchets en plastique de la Terre. Côté face, son inventeur empocherait des milliards de dollars. Mais c'était sans compter avec* le petit détail qui tue. *Une broutille que refusa de voir cet apprenti sorcier qui croyait tout maîtriser, jusqu'aux lois de la nature. Résultat : rien moins que la fin du monde – enfin… tel que nous le connaissons.*

Pour aller plus loin,
flashez le QR code ci-dessous

ou rendez-vous à l'adresse
https://www.muscadier.fr/catalogue/la-fille-qui-murmurait-a-loreille-des-fauves/

Ce livre est imprimé sur un papier composé de fibres naturelles, renouvelables et recyclables, fabriqué à partir de bois issu de forêts qui adoptent un mode de gestion responsable et durable – respectueux de la biodiversité, des équilibres écologiques et de la stabilité économique des populations locales.

Certifié PEFC

Ce produit est issu de forêts gérées durablement et de sources contrôlées.

PEFC™
10-31-2581

pefc-france.org

Achevé d'imprimer par
ISIPrint à La Courneuve (93)

Loi n° 49-956 du 16 juillet 1949 sur les publications destinées à la jeunesse, modifiée par la loi n° 2011-525 du 17 mai 2011

Dépôt légal : octobre 2021

*Imprimé en France*